VENTE

du Mardi 18 Février 1908

HOTEL DROUOT – SALLE N° 1

A 2 HEURES 1/2

EXPOSITION PUBLIQUE

Le Lundi 17 Février 1908

TABLEAUX MODERNES

AQUARELLES

DESSINS — PASTELS

Me **André COUTURIER**

COMMISSAIRE-PRISEUR

Successeur de Me Léon TUAL

56, *Rue de la Victoire*, 56

M. F. MARBOUTIN

EXPERT

2, *Rue de Marseille*, 2

CATALOGUE

DES

Tableaux Modernes

PAR

Beauquesne, Boudin (E.), Corot
Chrétien, Daubigny, Defaux (A.), Dehodencq
Desboutin, Dupré (V.), Espagnat (D'), Fantin-Latour
Flers, Gagliardini, Gillot (E.), Grün, Huguet
Isabey, Le Sidaner, Palizzi, Petitjean, Pelouse
Rousseau (Th.), Tanzi, Thaulow (Fr.)
Vollon (A.), Ziem, etc.

AQUARELLES - DESSINS - PASTELS

PAR

Bellangé (H.), Berchère, Caïn (G.), Cals
Carrière (E.), Daumier, Forain, Guillemin, Léandre
Lemaire (Madeleine), Lépine, Lhermitte
Maignan (A.), Piette, Vibert, Zandomeneghi, etc.

DONT LA VENTE AUX ENCHÈRES PUBLIQUES AURA LIEU

HOTEL DROUOT — SALLE N° 1

Le Mardi 18 Février 1908

A 2 HEURES 1/2

<table>
<tr><td>Me ANDRÉ COUTURIER
COMMISSAIRE-PRISEUR
Successeur de Me TUAL
56, Rue de la Victoire, 56</td><td>M. F. MARBOUTIN
EXPERT
2, Rue de Marseille, 2</td></tr>
</table>

EXPOSITION PUBLIQUE

Le Lundi 17 Février 1908, de 2 heures à 6 heures

CONDITIONS DE LA VENTE

La vente sera faite au comptant.

Les acquéreurs paieront *dix pour cent* en sus des enchères.

L'Exposition mettant le public à même de se rendre compte des objets, aucune réclamation ne sera admise une fois l'adjudication prononcée.

DÉSIGNATION

TABLEAUX

BEAUQUESNE (W.)

1 — Une auberge pendant les manœuvres.
Signé à gauche.   Larg. 0,81. Haut. 0,65.

BERTON (Paul-Emile)

2 — Barque de pêche à marée basse.
Signé à gauche.   Larg. 0,27. Haut. 0,41.

BOUDIN (E.)

3 — Les Falaises à Etretat.
Signé à droite.   Larg. 0,46. Haut 0,30.

BOUDIN (E.)

4 — Marine, soleil couchant.
Signé à droite.   Larg. 0,48. Haut. 0,35.

CAROLUS (J.)

5 — La leçon de peinture.

Signé à gauche.   Larg. 1 m. Haut. 0,81.

CHRÉTIEN (R.)

6 — Nature morte.

Signé à droite.   Larg. 0,41. Haut. 0,33.

CHRÉTIEN (R.)

7 — Fruits et accessoires.

Signé à droite.   Larg. 0,41. Haut. 0,33.

COROT

8 — Vue de Naples.

Signé à gauche.   Larg. 0,36. Haut 0,18.

DAUBIGNY

9 — Soleil couchant.

Signé à droite.   Larg. 0,31. Haut. 0,21.

DE BOISLECOMTE

10 — Arrestation de contrebandiers.

Signé à gauche.   Larg. 0,65. Haut. 0,54.

DE BOISLECOMTE

11 — Les foins.

Signé à droite.   Larg. 0,55. Haut. 0,47.

DE BOISLECOMTE

12 — Buveur Louis XIII.

Signé à droite.

DEFAUX (A.)

13 — Chiens de berger.

Signé à droite. Larg. 0,47. Haut. 0,32.

DEHODENCQ (A.)

14 — Jeune espagnole jouant de la guitare.

Signé à gauche. Larg. 0,67. Haut. 1 m.

DESBOUTIN

15 — L'enfant au puits.

Signé à gauche. Larg. 1,27. Haut. 0,41.

DESCHAMPS (L.)

16 — Mélancolie.

Signé à droite. Larg. 0,33. Haut. 0,41.

DESGRANGES

17 — La maison du garde.

Signé à gauche. Larg. 0,17. Haut. 0,22.

DEZAUNAY

18 — Marine.

Signé à gauche. Larg. 0,81. Haut. 0,54.

DREUX (A. de)

19 — Un piqueur.

Monogramme à droite. Larg. 0,65. Haut. 0,51.

DUPRÉ (Victor)

20 — Paysage avec animaux.

Signé à gauche. Larg. 0,46. Haut. 0,32.

ECOLE 1830

21 — Pêcheurs.

    Larg. 0,50.   Haut. 0,39.

ECOLE MODERNE

22 — Nymphes.

    Larg. 0,88.   Haut. 1,15.

23 — La Bohémienne.

    Larg. 0,38.   Haut. 0,46.

ESPAGNAT (D')

24 — Bords de l'Oise.

    Signé à gauche.   Larg. 0,73. Haut. 0,54.

FANTIN-LATOUR

25 — Fleurs dans un verre.

    Signé à droite en haut.   Larg. 0,23 Haut. 0,21.

FLERS

26 — Le soir, paysage.

    Signé à droite.   Larg. 0,46. Haut. 0,27.

GAGLIARDINI

27 — Retour des barques de pêche.

    Signé à droite.   Larg. 0,41. Haut 0,33.

GEGERFELT (W. de)

28 — Gros temps.

    Signé à gauche.   Larg. 0,73. Haut. 0,58.

GILLOT (E.-L.)

29 — Le petit bras de la Seine au Pont-Neuf.

Signé à droite. Larg. 0,46. Haut. 0,38.

GRUN (J.-A.)

30 — Une procession au Sacré-Cœur.

Signé à gauche. Larg. 1,20. Haut. 1,05.

HÉREAU (J.)

31 — Bords de rivière.

Cachet de la vente. Larg. 0,24. Haut. 0,16.

HUGUET

32 — La halte.

Signé à droite. Larg. 0,27. Haut. 0,41.

HYON

33 — L'Empereur et son état-major.

Signé à droite. Larg. 0,73. Haut. 0,54.

INGRES (Ecole de)

34 — Rêverie.

Larg. 0,65. Haut. 0,54.

ISABEY (E.)

35 — L'Alchimiste.

Signé à droite. Larg. 0,74. Haut. 0,60.

JOUBERT

36 — Rome, vue prise du Palatin.

Signé à gauche. Larg. 0,55. Haut. 0,35.

LE POITTEVIN

37 — Après la pêche.

    Non signé.   Larg. 0,33. Haut. 0,24.

LE SIDANER

38 — Venise.

    Signé à droite.   Larg. 0,33. Haut. 0,22.

MINARTZ

39 — Au concert.

    Signé à gauche.   Larg. 0,50. Haut. 0,40.

MITA

40 — Les ruines à Cléry.

    Signé à droite.   Larg. 0,62. Haut. 0,49.

PALIZZI

41 — Paysanne et sa vache.

    Signé à droite.   Larg. 0,73. Haut. 0,50.

PELOUSE (L.)

42 — Petite mare, forêt de Fontainebleau.

    Signé à gauche.   Larg. 0,92. Haut. 0,65.

PETITJEAN

43 — Le port de Rouen.

    Signe à droite.   Larg. 0,65. Haut. 0,43.

ROUSSEAU (Th.)

44 — Paysage.

    Monogramme à gauche. Cachet de la vente.

                  Larg. 0,31. Haut. 0,23.

SCHULZ (Ad.)

45 — Lever de lune, fin octobre (Fontainebleau).

Signé à droite. Larg. o,55. Haut. o,38.

SON (Johannès)

46 — Bords du Suran, près Pont-d'Ain.

Signé à droite. Larg. o,55. Haut. o,38.

TANZI (L.)

47 — Route du Golf-Club à Cannes.

Signé à droite. Larg. o,65. Haut o,49.

THAULOW (Fr.)

48 — Une rue à Issoudun. Crépuscule.

Signé à droite. Larg, o,38. Haut. o,46.

TIMMERMANS

49 — La Plage.

Signé à droite. Larg. o,46. Haut. o,33.

VANDEN EYCKEN (C.)

5o — Les Chiens savants.

Signé à gauche. Larg, o,27. Haut. o,35.

VERLAT (Ch.)

51 — Après le travail.

Signé à gauche. Larg. o,35. Haut. o,23.

VEYRASSAT (J.)

52 — Une Cour d'auberge.

Monogramme à droite. Larg. o,55. Haut. o,36.

VIDAL (E.)

53 — La Liseuse.

Signé à gauche.   Larg. 0,61. Haut. 0,50.

VOLLON (A.)

54 — La Sablière.

Signé à droite.   Larg. 0,81. Haut. 0,65.

WILHEMS (J.)

55 — Le Palais Ducal et la Salute (Venise).

Signé à droite.   Larg. 0,65. Haut. 0,46.

WILHEMS (J.)

56 — Le Bassin au Tréport. Temps gris.

Signé à gauche.   Larg. 0,41. Haut. 0,27.

WILHEMS (J.)

57 — Départ pour la promenade.

Signé à gauche.   Larg. 0,24. Haut. 0,14.

ZIEM

58 — Le Grand Canal. Effet de nuit.

Signé à droite.   Larg. 0,55. Haut. 0,46.

ZIEM

59 — Marine.

Signé à gauche.   Larg. 0,65. Haut. 0,40.

AQUARELLES, DESSINS, PASTELS

BELLANGÉ (H.)

60 — Officier Première République.

Monogramme à droite. Aquarelle.

BERCHÈRE

61 — Une Rue en Orient.

Signé à gauche. Aquarelle.

BOUDIN (E.)

62 — Marines.

Cinq dessins dans un cadre.

BOUDIN (E.)

63 — Etudes de bateaux.

Quatre dessins dans un cadre.

CAIN (G.)

64 — Etude.

Signé à droite. Dessin plume.

CALS

65 — Enfants regardant une image.

Signé à droite. Pastel.

CARRIÈRE (Eug.)

66 — Enfant endormi.

Signé à gauche. Dessin.

DAUMIER

67 — Réunion publique.

> Signé à droite. Aquarelle.

FORAIN

68 — L'Emotion.

> Signé à droite. Dessin plume.

FORTUNEY

69 — Parisiennes aux courses.

> Signé. Pastel.

FORTUNEY

70 — La Lecture.

> Signé à droite. Pastel.

FURET (F.)

71 — Cerf aux écoutes.

> Signé à gauche. Pastel.

GALLIEN-LALOUE

72 — Le Trocadéro.

> Signé à gauche. Gouache.

GUILLEMIN

73 — Chasseurs d'aigles.

> Signé à gauche. Aquarelle.

GUILLEMIN

74 — Scène italienne.

> Signé à gauche. Aquarelle.

INGRES

75 — Portrait d'enfant.

Signé à gauche. Dessin.

LÉANDRE

76 — Le Général Dewet.

Signé à gauche. Dessin.

LEMAIRE (Madeleine)

77 — Œillets dans un verre.

Signé à droite. Aquarelle.

LEMAIRE (Madeleine)

78 — Anémones dans un vase.

Signé à droite. Aquarelle.

LÉPINE (S.)

79 — Paysage.

Cachet de la vente. Plume et encre de Chine.

LHERMITTE (L.)

80 — Sculpteur sur bois.

Signé en haut à droite. Fusain.

MAIGNAN (A.)

81 — Petit marchand d'oranges à Cordoue.

Signé à droite. Aquarelle.

PIETTE (L.)

82 — La Moisson.

Signé à droite. Gouache.

THAULOW (Fr.)

83 — La Rivière.

Signé à droite. Eau-forte en couleurs.

VIBERT

84 — A l'atelier. Le Mannequin.

Signé à droite. Aquarelle.

WILLETTE

85 — Fraternité.

Signé à droite. Dessin plume.

WYLD (W.)

86 — L'Eglise Saint-Georges à Venise.

Cachet de la vente. Aquarelle.

ZANDOMENEGHI

87 — Femme à sa toilette.

Signé à droite. Pastel.